SCYLLA

TRAGEDIE

REPRESENTÉE

PAR L'ACADEMIE ROYALE

DE MUSIQUE.

Le [...] jour de Septembre 1701.

A PARIS.

Chez CHRISTOPHE BALLARD, seul Imprimeur
du Roy pour la Musique, rue S. Jean de Beauvais,
au Mont-Parnasse.

M. DCCI.

Avec Privilege de sa Majesté.

LE SEUR EST DE TRENTE SOLS.

SCYLLA

TRAGEDIE

REPRESENTÉE

PAR L'ACADÉMIE ROYALE
DE MUSIQUE

Le seizieme jour de Septembre 1701.

A PARIS.

*Chez Christophe Ballard, seul Imprimeur
du Roy pour la Musique, rue S. Jean de Beauvais,
au Mont-Parnasse.*

M. DCCI.

Avec Privilege de Sa Majesté.

LE PRIX EST DE TRENTE SOLS.

SCYLLA,

TRAGEDIE

REPRESENTE'E

PAR L'ACADEMIE ROYALLE

DE MUSIQUE.

Le seiziéme jour de Septembre 1701.

A PARIS.

Chez CHRISTOPHE BALLARD, seul Imprimeur
du Roy pour la Musique, ruë S. Jean de Beauvais,
au Mont-Parnasse.

M. DCCI.

Avec Privilege de Sa Majesté.

LE PRIX EST DE TRENTE SOLS.

PERSONNAGES
DU PROLOGUE.

A POLLON,   Monſieur Choplet.

LA FRANCE,   Mademoiſelle Maupin.

L'ENVIE,   Monſieur Deſvoix.

Suite de **LA FRANCE.**

CHŒUR & Troupe de Guerriers.

CHŒUR & Troupe de Divinitez des Eaux & des Bois.

LES FURIES.

Noms des Actrices & des Acteurs chantans dans tous les Chœurs du Prologue & de la Tragedie.

SECOND RANG.   PREMIER RANG.

MESDEMOISELLES.

Cenet.	Du Peyré.	Heuſé.	Du Val.
Baſſet.	D'Humé.	Deſmâtins la cad.	Loignon.

MESSIEURS.

Le Jeune.	Buhot.	Du Mont.	Thomas.
Heuqueville.	Mantienne.	La Coſte.	Deſvoix.
Frere.	Richemont.	Cadot.	Le Brun.
Courteil.	Solé.	Jolain.	Piton.
Moreau.	Renard.	Labé.	

DIVERTISSEMENT
du Prologue.

FURIES.

Monsieur Blondy.
Messieurs Fauveau, Dangeville, Roze, Javilier,
Duruel & Dumay.

SUITE DE LA FRANCE.

Messieurs Dumirail, Blondy & Ferand.
Mesdemoiselles Dufort, Dangeville & Victoire.

DIEUX DES BOIS.

Messieurs Fauvau, Dangeville, Duruel & Dumay.

NEREYDES.

Mesdemoiselles Lemair, Freville, Desmâtins, & Lebrun

UN FAUNE chantant.

Monsieur Piton.

UNE DRIADE chantante.

Mademoiselle Duval.

PROLOGUE.

Le Théatre représente une Campagne:
l'Envie sort des Enfers & assemble une
Troupe de Guerriers.

L'ENVIE.

Venez, Guerriers, suivez mes pas,
Vengeons-nous, détruisons le Bonheur de la France,
Avec trop de succés aux plus lointains Climats
Elle a fait éclater sa Gloire & sa Puissance.

Que son Pouvoir soit par nous abatu,
Trop d'Honneurs luy sont dûs, sa Grandeur nous
outrage ;
Qu'une orgueilleuse audace, une jalouse rage
Vous tiennent lieu d'honneur & de vertu.

PROLOGUE.

Paroiſſez, cruelles Furies ;
Venez vous unir avec moy,
Qu'un Peuple fortuné reſſente avec effroy,
Mes fureurs & vos barbaries.
Paroiſſez, cruelles Furies,
Venez vous unir avec moy.

Les Furies ſortent des Enfers.

Qu'à vos fiers Ennemis cette ardeur ſoit terrible,
Triomphez d'un Vainqueur, que l'on croit invincible.

C H OE U R.

Qu'à vos fiers Ennemis cette ardeur ſoit terrible,
Triomphez d'un Vainqueur, que l'on croit invincible.

On entend un bruit de Victoire.

L'ENVIE.

A ce bruit, dont l'éclat s'eleve juſqu'aux Cieux,
Je reconnoy que la France s'empreſſe
De porter ſa gloire en ces lieux.
Allez.... quelle terreur montrez-vous à mes yeux !
N'oſez-vous ſeconder ma fureur vangereſſe

Les Guerriers ſe retirent & la France paroît.

LA FRANCE à L'ENVIE.

Fuy, fille de l'Enfer ! laiſſe en paix ces Climats.
Va porter en d'autres Etats,
Ta fureur contre moy, ſi long-temps impuiſſante ;
A me ſuivre partout la Victoire eſt conſtante ;
Et la Gloire eſt ſans ceſſe attachée à mes pas.

PROLOGUE

L'ENVIE.

Tu me braves! mais crains l'effet de ma vengeance.
J'armeray contre toy de nouveaux Ennemis.

LA FRANCE.

Ils augmenteront ma puissance ,
Tu les verras bientôt soûmis.

Tes odieux projets n'ont rien que j'apréhende ,
Je suis accoutumé à te donner des loix:
Fuy! quand la France te commande ,
Songe que tous les Dieux te parlent par sa voix.

L'ENVIE.

O rage! ô desespoir! faut-il que j'obéisse!
Je vais tout soulever contre un Roy trop heureux.

LA FRANCE.

Sa gloire sera ton suplice ,
Va l'accroître , si tu le peux.

L'Envie & les Furies rentrent dans les Enfers.

LA FRANCE.

Mais quel éclat vient me surprendre!
Que vois-je? Apollon va descendre!

Apollon descend du Ciel.

APOLLON.

France, les Dieux font prêts à remplir tes defirs,
De tes prosperitez, l'Envie en vain soûpire ;
Mais c'est peu que la Paix regne dans ton Empire,
     J'y veux ramener les plaisirs.

Nymphes, Faunes, Silvains, Driades, Dieux des
   Ondes,
       Quittez vos demeures profondes,
Empressez-vous, formez un Spectacle pompeux,
     Je vais présider à vos Jeux.
     Que Melpomene icy s'avance,
Retracez de Scylla le malheureux amour ;
Et que pour celébrer la gloire de la France,
Tous les Arts à l'envi s'unissent en ce jour.

    Les Dieux des Bois & des Eaux paroissent.

UN FAUNE.

    Au tendre Amour tout doit rendre les armes,
Quels biens peut nous donner une ennuyeuse Paix !
     S'il fait aimer ses maux & ses allarmes
     Un cœur doit-il en redouter les charmes ?
     Non, non, non, livrons-nous à ses traits.

APOLLON & LA FRANCE.

     Que chacun en ce lieu joüisse
     Des douceurs d'une heureuse Paix :
   Que de nos chants ce séjour retentisse,
Le Vainqueur comblera nos plus ardents souhaits ;
Qu'il vive, qu'il triomphe, & qu'il regne à jamais.

PROLOGUE.

LE CHOEUR.

Que chacun en ce lieu joüisse
Des douceurs d'une heureuse Paix ;
Que de nos chants ce séjour retentisse,
Le Vainqueur comblera nos plus ardents souhaits ;
Qu'il vive, qu'il triomphe, & qu'il regne à jamais.

UNE DRIADE.

Clairs Ruisseaux coulez dans la Plaine,
Soupirez, aimables Zéphirs ;
Il n'est point de Loy qui vous gêne
L'innocence est de tous vos plaisirs,
Et toûjours l'Amour qui vous mene,
Vous conduit où tendent vos desirs.

LE CHOEUR.

Que chacun en ce lieu joüisse
Des douceurs d'une heureuse Paix ;
Que de nos chants ce séjour retentisse,
Le Vainqueur comblera nos plus ardents souhaits ;
Qu'il vive, qu'il triomphe, & qu'il regne à jamais.

FIN DU PROLOGUE.

ACTEURS
DE LA TRAGEDIE.

NISUS, *Roy de Mégare.* Monsieur Hardouin.

MINOS, *Roy de Cirte.* Monsieur Thevenard.

SCYLLA, *Fille de Nisus.* Mademoiselle Moreau.

CAPIS, *Reine de Beotie.* Mademoiselle Desmâtins.

DARDANUS, *Amant de Scylla* Monsieur Chopelet.

ISMENE, *Magicienne, Confidente de Capis & Sœur d'Artemidor.* Mademoiselle Maupin.

ARTEMIDOR, *Frere d'Ismene, Magicien.* Mr Dun.

DORIS, *Confidente de Scylla.* Mademoiselle Marchand.

LA STATUE DE TIRESIE. Monsieur Hardoüin.

LA PAIX. Mademoiselle Dupeyré.

LA DISCORDE. Monsieur Desvoix.

Suite de la Discorde.

Troupe de Mégariens.

Troupe de Candiots.

Troupe de Démons, sous la figure de Plaisirs.

Troupe de Magiciens & de Démons.

Troupe de Bergers & de Bergeres.

DIVERTISSEMENTS
de la Tragedie.

PREMIER ACTE.

Suite de MINOS.
Monſieur Balon.
Meſſicurs Germain, Duruel, Dumoulin l'aîné
& Dangeville.
Suite de NISUS.
Meſſieurs Dumirail, Blondy, Bouteville & Ferrand.
UN MEGARIEN chantant.
Monſieur Boutelou.
UN CANDIOT chantant.
Monſieur Piton.

DEUXIE'ME ACTE.

PLAISIRS.

Mademoiſelle de Subligny.
Meſſieurs Dumirail, Germain, Bouteville, Dumoulin C.
Meſdemoiſelles Dangeville, Victoir, Lemair & Roze.
UN PLAISIR chantant.
Monſieur Boutelou.

TROISIE'ME ACTE.

MAGICIENS.

Meſſieurs Blondy ou Dumoulin cadet.
Meſſieurs Germain, Bouteville, Blondy, Ferand,
Fauveau & Dumoulin l'aîné.

QUATRIEME ACTE.

BERGERS.
Messieurs Dumoulin l'aîné, Blondy & Philbois.

BERGERES.
Mesdemoiselles Victoire, Roze & Desmatins.

UNE BERGERE chantante.
Mademoiselle Loignon.

UN BERGER & UNE BERGERE chantans.
Monsieur Boutelou & Mademoiselle Heusé.

PAYSANS.
Monsieur Dumoulin cadet,
Messieurs Duruel, Dangeville, Dumay & le petit Dupré.

PAYSANNES.
Mesdemoiselles Lemair, Fréville & Lebrun.

CINQUIEME ACTE.

Troupe de MEGARIENS.
Monsieur de Lestang.
Messieurs Bouteville, Germain, Dumoulin l'aîné,
& Dumoulin cadet.
Mesdemoiselles de Subligny, du Fort, Victoire
& Dangeville.

MEGARIENS chantans.
Monsieur Labé.
Messieurs Boutelou & Piton.

SCYLLA,

SCYLLA,
TRAGEDIE.

ACTE PREMIER·

L e Théatre represente une Place entre
la Ville de Mégare & le Camp de
Minos, qui assiége cette Ville.

SCENE PREMIERE.
SCYLLA seule.

*Uel trouble ! quel chagrin, malgré moy me
   devore !
L'Amour seul dans mon cœur veut se faire
   obéir.
J'aime un Vainqueur cruel que je devrois haïr ;
Et je cesse d'aimer un Amant qui m'adore.*

A

SCYLLA,

Vainement je veux resister
Aux charmes d'une ardeur nouvelle ;
Ah ! quand l'Amour s'obstine à nous persecuter,
Pourquoi la raison donne-t'elle
Des loix que la cruelle
Ne sçauroit faire éxécuter.

SCENE SECONDE.

DORIS, SCYLLA.

SCYLLA.

AH ! Doris , que viens-tu m'appren-
dre ?

DORIS.

Un succés que la tréve a dû nous faire attendre.
La Paix va réunir Minos avec le Roy.

SCYLLA.

La Paix !

DORIS.

D'où vient le trouble où je vous voy ?
Vous aimez Dardanus , tout flatte votre attente.
Peut-être un doux Hymen va combler vos desirs.

SCYLLA.

Que plûtôt le trépas borne mes deplaisirs.

DORIS.

Qu'entens-je !

SCYLLA.

Ah, Dieux !

DORIS.

Votre trouble s'augmente.
Ne pouray-je sçavoir d'où naissent vos soûpirs !

SCYLLA.

Laisse-moy te cacher une cruelle flâme.

DORIS.

Dardanus en ces lieux auroit-il un Rival !

SCYLLA.

Oseray-je à tes yeux montrer toute mon ame.
Minos, ce fier Vainqueur, cet Ennemi fatal….
Doris, épargne-moy la honte de le dire.
Laisse-moy déguiser mes mortelles douleurs.
Je gémis, je me plains, mon triste cœur soûpire,
Et te découvre assez, le sujet de mes pleurs.

DORIS.

Quoy ? l'Amour pour Minos vous fait verser des
larmes.

SCYLLA.

Tu te souviens du jour qu'un desir curieux
Me fit chercher à voir ce Héros glorieux.
J'allay sur nos Remparts attaquez par ses armes.
Je le vis. Je sentis de secrettes allarmes ;
Et mon cœur trahi par mes yeux,
Fut séduit malgré moy par d'agréables charmes.

A ij

SCYLLA,

Que de cruels tourmens l'Amour me fait souffrir !
Vainement je m'oppose à son pouvoir funeste :
Je le combats en vain, tout le fruit qui me reste,
C'est de connoître, hélas ! que je n'en puis guérir.

DORIS.

Ah ! rompez, s'il se peut, une fatale chaîne,
Fuyez un charme dangereux ;
Vous souffrez des maux rigoureux,
Rien ne poura soulager votre peine.
Ah ! rompez, s'il se peut, une fatale chaîne,
Fuyez un charme dangereux.

SCYLLA.

Dardanus vient. Ne puis-je éviter la présence
D'un Amant que mon cœur ne trahit qu'à regret !
Cachons du moins mon inconstance,
Et n'en rougissons qu'en secret.

SCENE TROISIEME.

DARDANUS, SCYLLA, DORIS.

DARDANUS.

*S*Avez-vous, aimable Princesse,
Quels nouveaux sujets d'allegresse
Doivent remplir tous nos souhaits !

SCYLLA.

Je sçay qu'un doux repos va regner sur la terre ;
Que mon Pere & Minos vont terminer la guerre,
Et doivent se jurer une éternelle paix.

DARDANUS.

Un destin plus charmant pour nos cœurs se prépare,
  Aujourd'huy le Roy se déclare,
Nous pouvons nous livrer à l'espoir le plus doux,
Son choix couronne enfin notre ardeur mutuelle,
  Et de l'Amant le plus fidele
  Il fait le plus heureux Epoux.

SCYLLA.

O Ciel !

DARDANUS.

  D'où vient cette surprise extrême ?
Est-il un sort plus doux que d'être à ce qu'on aime ?

SCYLLA.

Capis peut de Nisus rallumer les fureurs.
Minos de cette Reine, usurpant la puissance
Elle vint de la guerre apporter les horreurs ;
Et le Roy luy promit de prendre sa deffence.
La Paix . . . .

DARDANUS.

  Ne craignez point un foible & vain couroux.
Que pouroient en ces lieux, & Capis & sa haine ?
Notre Hymen se prépare, & la Paix est certaine ;
Mon bonheur à present ne dépend que de vous.

SCYLLA.

Mon Pere est Fils de Mars, & ce Dieu redoutable
Le remplit en naissant d'une force indomtable,
Qu'à sa tête sacrée il voulut attacher.
Le fer, vous le sçavez, n'y doit jamais toucher,
Et ce don précieux le rend insurmontable.
Je sçay que son destin est de vaincre toûjours,
Mais tout est dangereux d'une main ennemie ;
Voyons la Paix tout à fait affermie.
Differons notre Hymen du moins pour quelques jours.

DARDANUS.

Vous déguisez en vain le trouble de votre ame.
Je vous ai vûë à mes yeux mille fois,
De nos fiers Ennemis relever les exploits !
Vous vantez leurs vertus, vous dédaignez ma flâme,
De Nisus en ce jour condamnez-vous le choix ?

SCYLLA.

Quels injustes soupçons me faites-vous connoître ?
Craignez... mais c'est Capis que nous voyons paroître.
Le soin de l'éviter arrête mon courroux ;
Vous ne meritez pas un cœur tendre & fidele.

DARDANUS.

Je ne vous quitte point, Cruelle,
Que vous n'ayez fait grace à mes transports jaloux.

SCENE QUATRIEME.

CAPIS, ISMENE.
CAPIS.

Quel est mon desespoir ! jour cruel ! sort barbare !
Trahie, abandonnée, en proye à mes douleurs.
  Nisus contre moy se déclare !
Une odieuse paix en ces lieux se prépare.
On méprise mes cris, on dédaigne mes pleurs,
Dieux ! qui fûtes témoins des sermens d'un Parjure,
Qui jura devant vous de soûtenir mes droits,
Allumez votre foudre & vangez à la fois,
  Et vos Autels & mon injure.

ISMENE.

  Calmez des transports impuissans,
Renfermez les projets d'une juste vengeance,
Ils en éclateront avec plus de puissance.

CAPIS.

Ah ! rien n'est comparable aux troubles que je sens.
  Apren mes déplaisirs, Ismene.
Moins sensible aux ennuis dont tu connois le cours,
Ma fierté m'aideroit à soûtenir ma peine ;
Mais l'Amour m'asservit sous une dure chaîne,
Dardanus a troublé le repos de mes jours.
Il épouse Scylla, si la Paix est certaine :
  Voy quel sort funeste m'entraîne,
  Voy tous les malheurs où je cours.

8   S C Y L L A,
ISMENE.

Dans votre Cour, j'ay reçû la naissance,
Les Cieux & les Enfers à mon Art sont soumis.
De mes charmes secrets j'emploiray la puissance,
Pour semer la terreur parmi vos ennemis ;
Je suspendray cette Paix si funeste ;
L'Amour pourra faire le reste.

Allez. Je voy Nisus, fiez-vous à ma foy.

CAPIS.

A cacher ma douleur je me suis trop contrainte. ….

ISMENE.

Epargnez-vous une inutile plainte,
Et de votre destin reposez-vous sur moy.

SCENE CINQUIE'ME.

On voit icy paroître un Autel.

NISUS, MINOS, Troupe de MEGARIENS, Troupe de CANDIOTS. CHOEUR.

NISUS.

CElébrez en ces lieux une Fête nouvelle,
Faites retentir l'air de vos chants les plus doux ;
La Paix en ce beau Jour rappelle
Les plaisirs que la Guerre a bannis d'entre vous.

CHOEUR.

CHOEUR.

Célébrons en ces lieux une Fête nouvelle,
Faisons retentir l'air de nos chants les plus doux ;
La Paix en ce beau Jour rappelle
Les plaisirs que la Guerre a bannis d'entre nous.

MINOS.

Que la Fureur, la Discorde, & la Haîne
Soient mises par nous à la chaîne.
Aprés tant de troubles divers
Qu'un calme heureux regne dans l'Univers.

LE CHOEUR repete ces quatre Vers.

UN MEGARIEN & UN CANDIOT.

Charmante Paix, rempli notre esperance,
Descend des Cieux, vien regner icy bas.

CHOEUR.

Charmante Paix, rempli notre esperance,
Descend des Cieux, vien regner icy bas.

UN MEGARIEN.

Mene avec toy les Jeux & l'Abondance,
Que les Amours y volent sur tes pas.

CHOEUR.

Charmante Paix, rempli nôtre esperance,
Descend des Cieux, vien regner icy bas.

UN CANDIOT.

Fini nos plaintes,
Bani nos craintes ;

B

Les plus beaux Jours sans toy n'ont point d'apas :
Que ta presence
Nous recompense
Des maux que Mars a faits à tes Climats.

CHOEUR.

Charmante Paix, rempli notre esperance,
Descend des Cieux, vien regner icy bas.

NISUS & MINOS.

Dieux immortels, qui regnez sur les Rois,
Vous qui les protegez, & vangez leurs injures,
Dieux, qui punissez les Parjures,
Daignez écoûter notre voix !

Approuvez le serment que nous allons vous faire,
De rendre à ces lieux pour jamais,
Les douceurs d'une-heureuse Paix.

Nous jurons . . . .
Icy l'Autel se brise & le Tonnerre gronde.

Mais, ô Ciel ! quels éclats de Tonnerre !
La Terre se dérobe, & frémit sous nos pas !

Dieux ! nous deffendez-vous de finir une Guerre,
Qui depuis si long-temps désole nos Climats !

Allons les consulter, sans tarder davantage.
Puissent-ils en ce jour, pour combler nos souhaits,
Désavoüer ce sinistre présage,
Et donner à nos vœux une profonde Paix !

Fin du premier Acte.

ACTE SECOND.

LE Théatre représente le Palais de NISUS.

SCENE PREMIERE.

SCYLLA seule.

Ain espoir, qui trompez un cœur crédule &
    tendre,
Cessez de flater ma langueur ;
En vain vous voulez me surprendre,
Mon amour n'a rien à prétendre,
Je dois fuir pour jamais un trop charmant vainqueur.
Vain espoir, qui trompez un cœur crédule & tendre,
    Pourquoy me forcer à me rendre ?
Rien ne peut de mon sort adoucir la rigueur.
Vain espoir, qui trompez un cœur crédule & tendre,
    Cessez de flater ma langueur.

SCENE SECONDE.

MINOS, SCYLLA.

MINOS.

PRincesse, quel sujet dans ce lieu vous arrête ?
Le Peuple court en foule au Temple de Pallas.

SCYLLA.

Mon Pere doit s'y rendre, & j'y suivray ses pas.

MINOS.

Si la Paix est le prix de cette auguste Fête,
Que votre sort aura d'apas ?

Un Héros vous plaît, il vous aime,
L'Hymenée & l'Amour vont l'offrir à vos vœux ;
Que votre bonheur est extrême,
Et que Dardanus est heureux.

SCYLLA.

L'Amour n'a pû sur vous remporter la victoire,
Vous ignorez ses maux, vous fuyez ses douceurs,
Et votre cœur ne permet qu'à la gloire
De l'enflâmer de ses ardeurs.

Que votre sort paroît digne d'envie !
Rien ne trouble la paix de votre illustre vie.

Tout céde à vos faits éclatans ;
Du Dieu qui fait aimer vous bravez la puissance :
Hélas ! les cœurs soûmis à son obéïssance,
Quand ils semblent les plus contens,
Souvent voudroient joüir de votre indifference.

MINOS.

Des troubles amoureux j'ay craint d'être agité,
Heureux si toûjours invincible,
Ce cœur, que l'on croit insensible,
Avoit pû jusqu'icy garder sa liberté ?

SCYLLA.

Que dites-vous ?

MINOS.

Hélas ! adorable Princesse,
Si j'osois découvrir la douleur qui me presse,
Si mon cœur à vos yeux se montroit en ce jour,
Vous ne m'accuseriez que d'avoir trop d'amour.

SCYLLA.

Qu'entens-je !

MINOS.

Qu'ay-je dit ! malheureux ! je m'égare.
Malgré moy mon ardeur à vos yeux se déclare.
Dans quels mortels chagrins vais-je encor me plonger ?
Mais il n'est plus temps de me taire,
Vous seule avez pû m'engager.
Déja pour me punir d'un aveu témeraire,
Dans vos regards distraits, je lis votre colere.

Ah ! par de fiers mépris n'allez point m'outrager,
          Je vous pers, tout me defespere ;
Ma mort prendra bien-tôt le foin de vous vanger.

SCYLLA.

Ah ! Prince....

MINOS.

          Votre haîne eft pour moy trop terrible.
La mort feule....

SCYLLA.

          Vivez. Ne quittez point ces lieux.

MINOS.

Verray-je triompher Dardanus à mes yeux ?
          Que deviendray-je à ce fpectacle horrible !

          Que le triomphe d'un Rival
Fait naître de dépit, de haîne & de colere ;
          Non, aux cœurs que l'on defefpere
          Le trépas femble moins fatal
          Que le triomphe d'un Rival.

SCYLLA.

Hélas !

MINOS.

          Vous foûpirez ! vos yeux verfent des larmes !

SCYLLA.

De quoy vous peut fervir le defordre où je fuis ?

MINOS.

          Que fi j'ofois, j'y trouverois de charmes !

SCYLLA.

Que vous m'allez livrer à de cruels ennuis !

MINOS.

Quoy ? voulez-vous encor me cacher vos allarmes ?

SCYLLA,

Je devrois le vouloir, mais, hélas ! je ne puis.

SCYLLA & MINOS.

Un cœur sensible
Feint vainement d'être paisible,
Quand l'Amour à ses loix le contraint d'obéir.
Les soûpirs, les regards, tout conspire à trahir
Un cœur sensible.

MINOS.

Vous m'aimez, il suffit, qu'ay-je à craindre du sort ?
Nisus, à nos desirs, ne sera pas contraire.

SCYLLA.

On vient ; Dissimulez, j'obtiendray qu'il differe
Un Hymen à mes yeux plus cruel que la mort.

SCENE TROISIE'ME.

CAPIS, SCYLLA, ISMENE.

CAPIS.

QU'attendez-vous icy, quand tout songe à vous
plaire ?
La Paix s'apprête à remplir tous vos vœux,
L'Hymen va vous lier du plus doux de ses nœux,
Et ce n'est qu'à moy seule à qui le Ciel severe,
Deffend l'espoir d'un sort heureux.

SCYLLA.

Qu'un cœur qui s'engage est à plaindre !
Qu'il sçait peu le destin qu'il va se préparer,
Les nœuds les plus doux sont à craindre,
Quand ils doivent toûjours durer.

CAPIS.

Quand l'Hymen & l'Amour forment des nœuds ai-
mables,
On peut aimer jusqu'au trépas.
Les plaisirs pour être durables
En ont-ils moins d'apas ?

Non, je suis en ces lieux la seule infortunée.

SCYLLA.

Je conçoy le sujet de vos justes soûpirs,
Et je plains votre destinée.
Mais malgré les doux noms de Paix & d'Hymenée,
Qui semblent combler mes desirs ;
Vous ne serez pas seule à qui cette journée
Coutera bien des déplaisirs.

SCENE IV.

SCENE QUATRIE'ME.
CAPIS, ISMENE.

CAPIS.

QU'a-t'elle dit, Ismene? & que viens-je d'en-
tendre?
Dardanus voudroit-il renoncer à son choix?
Ah! Dieux!...mais quel desordre, hélas! vient me
surprendre?
Lâche! je doy plûtôt songer à me deffendre,
D'un malheureux Amour qui m'enchaîne à ses loix.

ISMENE.

L'Amour, malgré nos soins, nous soûmet à ses charmes,
Par l'espoir des plaisirs il sçait l'art de domter:
A de si douces armes
Qui pouroit resister?

CAPIS.

Cédons puisqu'il le faut, à l'ardeur qui me presse.
Mais une juste crainte allarme ma tendresse,
Les deux Rois vont se rendre au Temple de Pallas.
La Paix....

ISMENE.

J'ay pris le soin de gagner la Prêtresse,
Et les Dieux par sa voix ne vous trahiront pas.

C

CAPIS.

Acheve donc, Ismene, il faut tout entreprendre.
Artémidor ton Frere, a pris soin de t'aprendre
    L'art qui vous soûmet les Enfers.
Epargnez-moy l'affront de déclarer moy-même
      Aux yeux de ce que j'aime
    Que l'Amour m'a mise en ses fers ;
Conjurez, employez l'infernale puissance,
Par un moyen nouveau déclarez mes amours ;
    Et pour le prix de ce dernier secours,
Attendez tout de ma reconnoissance.

ISMENE.

    Fiez-vous en notre pouvoir,
    Nos soins finiront vos allarmes ;
Pour vous en assûrer, il faut vous faire voir
    Quelle est la force de nos charmes.

On entend une Symphonie.

Vous que ma voix contraint à quitter les Enfers,
Esprits, soûmis aux loix de mon Art redoutable ;
    Démons de la Terre & des Airs,
    Venez sous une forme aimable,
    Charmer un cœur qu'un noir chagrin accable,
Et luy faire oublier les maux qu'il a soufferts.

SCENE CINQUIEME.

Chœur & Troupe de Démons, sous la figure de Plaisirs.

CAPIS, ISMENE.

UN PLAISIR.

Jeunes Beautez profitez du bel âge,
Suivez le doux penchant de vos cœurs amoureux.

CHŒUR.

Jeunes Beautez profitez du bel âge,
Suivez le doux penchant de vos cœurs amoureux.

UN PLAISIR.

Rendez-vous formez de doux nœux.
Que servent les beaux jours, si l'on n'en fait usage.
Qui fuit un aimable esclavage,
S'éloigne du seul bien qui doit nous rendre heureux.
Jeunes Beautez profitez du bel âge,
Suivez le doux penchant de vos cœurs amoureux.

CHŒUR.

Jeunes beautez profitez du bel âge,
Suivez le doux penchant de vos cœurs amoureux.

C ij

ISMENE à Capis.

Chaſſez de votre cœur la triſteſſe mortelle ;
Eſperez de goûter une profonde Paix.

CAPIS.

Quel vain eſpoir, hélas ! peut flatter mes ſouhaits ?
Si Dardanus pour moy conſent d'être infidele,
Qui pourra m'aſſûrer qu'une flâme nouvelle
Ne-le dérobe un jour à mes foibles attraits ?

ISMENE.

S'il forme enfin les nœuds d'une chaîne ſi belle,
Pourra-t'il les briſer jamais ?

Fin du ſecond Acte.

ACTE TROISIE'ME.

LE Théatre represente un Parc.

SCENE PREMIERE.

CAPIS, ISMENE, ARTEMIDOR

ISMENE.

'Où vient ce noir chagrin ?

ARTEMIDOR.

*Quel sujet vous allarme ?

CAPIS.

Mon cœur à Dardanus craint de se découvrir:

ISMENE.

Est-il un cœur que l'Amour ne desarme,
Lorsque vous voudrez l'attendrir?

ARTEMIDOR.

Esperez par notre Art un succés favorable.

CAPIS.

Vous flattez vainement la douleur qui m'accable.

C'est peu que par vos soins mon superbe Vainqueur
    Partage à mes yeux la langueur,
Où malgré mes efforts mon ame s'abandonne ;
Rien ne peut de mon sort adoucir la rigueur,
    Si l'Amour même ne me donne
    Les droits que j'auray sur son cœur.

ISMENE.

    Souvent trop de délicatesse
    Trouble les plaisirs amoureux.
Le cœur qui suit le mieux les loix de la tendresse,
    N'est pas toûjours le plus heureux ;
    Souvent trop de délicatesse,
    Trouble les plaisirs amoureux.

ARTEMIDOR.

Est-ce à vous à trembler ?

ISMÉNE.

    Est-ce à vous à vous plaindre ?

CAPIS.

Peut-être ay-je en ce jour d'autres malheurs à craindre,
Peut-être qu'un Ingrat méprisant mes soûpirs,
Insensible à mes maux, & fier de ma foiblesse,
Verra sans s'attendrir mon indigne tristesse,
Et me préparera d'éternels déplaisirs.

TRAGEDIE.

O Dieux ! à cet affront serois-je destinée !
Où vas-tu te livrer, Princesse infortunée ?
Il n'importe, parlons. O vous ! qui comme moy,
Connoissez de mon cœur les secrettes allarmes,
Faites que Dardanus aprenne par vos charmes,
Que le cruel Amour m'a soûmise à sa loy.
Qu'il sçache que Scylla brûle d'une autre flâme ;
    Qu'il ne regne plus dans son ame ;
A ses yeux, s'il le faut, peignez-moy sans fierté.
Pourvû qu'il soit sensible à ma tendresse extrême,
    Pourvû qu'il soit bien vrai qu'il m'aime,
Je ne me plaindray point qu'il m'en ait trop coûté.

ISMENE & ARTEMIDOR.

    Pour rendre un cœur fidele & tendre,
Quel besoin avez-vous d'emprunter du secours ?
De vos divins attraits qui pourroit se deffendre ?
    Vos charmes suffiront toûjours
    Pour rendre un cœur fidele & tendre.

CAPIS.

    Dardanus paroît en ces lieux,
Sortons, allons cacher ma crainte & mes allarmes.

ISMENE & ARTEMIDOR.

Rassurez-vous sur l'effort de nos charmes ;
Et plus encor sur ceux de vos beaux yeux.

SCENE SECONDE.

DARDANUS, ISMENE, ARTEMIDOR.

ARTEMIDOR.

REdoublons le soupçon dont son ame est ateinte.

ISMENE.

Il soûpire.

ARTEMIDOR.

Ecoutons le sujet de sa plainte.

Ils se retirent sur les côtez du Théatre.

SCENE TROISIE'ME.

DARDANUS seul.

PAisibles Ennemis du jour,
  Arbres épais, Retraites sombres,
Cachez dans l'horreur de vos ombres,
Mon desespoir & mon amour :
Une indifference cruelle
Fait naître ma douleur mortelle ;
Je voy ce que j'adore insensible à mes feux,
Et mon cœur trop constant en cessant d'être heureux,
Ne peut cesser d'être fidele.

SCENE IV.

SCENE QUATRIEME.

ISMENE, ARTEMIDOR, DARDANUS.

ARTEMIDOR.

Vous vous plaignez icy de l'amoureuse loy?

ISMENE.

L'Amour vous fait gémir sous son funeste empire?

ARTEMIDOR.

Quelle est cette Beauté qui vous manque de foy?

ISMENE.

Peut être pourons-nous charmer votre martyre.

ISMENE & ARTEMIDOR.

Vous connoissez notre pouvoir.
Il n'est rien que nôtre Art à nos loix ne soûmette;
Mais le plus doux employ que nous puissions avoir
C'est de calmer les cœurs que l'Amour inquiette.

DARDANUS.

D'un tendre engagement je goûtois la douceur,
Tout sembloit assurer le bonheur de ma vie:
Cette félicité pour jamais m'est ravie;
La Beauté que je sers me cache mon malheur.
Mais je ne voy que trop son injuste froideur;
Et malgré le dépit dont mon ame est saisie,
J'éprouve que ma jalousie
Ne fait qu'augmenter mon ardeur.

D

ISMENE.

Oubliez une Ingrate, indigne de vous plaire,
Bannissez-en le cruel souvenir,
Votre mépris sçaura mieux la punir,
Que ne feroit votre colere.

ARTEMIDOR.

Ne sçauriez-vous vous dégager,
Et rompre vos liens, ou changer d'esclavage ?
Un fidele Amant qu'on outrage,
Par ses mépris peut outrager
Une Maîtresse trop volage ;
Mais le plus sage
Pour se vanger,
Cherche à changer.

DARDANUS.

Ma disgrace peut être est encor incertaine,
J'aime assez mon erreur pour craindre d'en sortir ;
Et quand je voudrois rompre une fatale chaîne,
Mon cœur n'y pourroit consentir.

ISMENE.

Pourquoy vous obstiner dans votre incertitude ?
Peut-être que Scylla méprise vos soûpirs.
Peut-être aussi sensible à vos desirs,
L'accusez-vous à tort d'ingratitude ?

N'osez-vous éclaircir ce doute injurieux ?

DARDANUS.

Que je crains de sortir de mon inquiétude !

ISMENE.

Tiréfie autrefois éclairé par les Dieux,
Du douteux avenir rompit le Voile fombre ;
De l'Empire infernal faifons fortir fon ombre.
Qu'elle faffe éclater votre fort à nos yeux.

DARDANUS.

Que ne devrois-je point ? . . .

ARTEMIDOR.

Que rien ne vous étonne.

DARDANUS

Il n'eft point de périls que je n'ofe braver.
Si je me voy trahi, fi l'efpoir m'abandonne,
Quel malheur plus affreux fçauroit-il m'arriver ?

Dardanus fort.

ARTEMIDOR.

Que tout change à ma voix dans ces lieux folitaires.

Le Théatre change, & reprefente un Maufolée magnifique ;
la Statuë de Tiréfie eft couchée fur fon Tombeau.

ISMENE & ARTEMIDOR.

O ! vous qui préfidez à nos facrez Myfteres,
Vous qui faites fortir les morts des Monuments,
Déeffe de la Nuit, Cahos, Erébe, Hecate,
Que pour nous en ce jour, votre pouvoir éclate,
Donnez la force à nos Enchantements.

ISMENE.

On nous entend dans la Nuit infernale ,
Un bruit fourd me répond du fuccés de nos foins.

D ij

ARTEMIDOR.

Vous, de qui la puissance à la nôtre est égale,
Venez, de notre zele être icy les témoins.

Troupe de Magiciens

ARTEMIDOR.

A la clarté du jour hâtez-vous de paroître.
Venez, Démons, venez redoubler nos efforts:
Par le Dieu des Enfers, par votre auguste Maître,
Accourez, & sortez de l'Empire des morts.

ISMENE & ARTEMIDOR

Accourez, & sortez de l'Empire des morts.

CHOEUR de Magiciens.

A la clarte du jour hâtez-vous de paroître.
Venez, Démons, venez redoubler nos efforts.
Par le Dieu des Enfers, par votre auguste Maitre.
Accourez, & sortez de l'Empire des morts.

Les Démons sortent des Enfers.

CHOEUR de Magiciens.

Le Tartare s'ouvre,
Le Stix se découvre,
Le Phlégeton retentit de nos voix;
L'horrible Ténare,
La Mort barbare,
Pluton luy-même obéit à nos loix.
Que la Nuit s'étende
Sur l'Univers;
Qu'Hécate descende
Pour nous aux Enfers.

ARTEMIDOR.

Par nos chants, nos respects, honorons les Enfers;
Redoublons à l'envy l'ardeur qui nous rassemble.

CHOEUR de Magiciens.

Le Jour pâlit, la Terre tremble,
La Foudre gronde dans les Airs,
La clarté du Soleil céde au feu des Eclairs.

DARDANUS.

Que vais-je apprendre! O Dieux!

ISMENE.

Conservez l'esperance.

ARTEMIDOR.

Gardons tous un profond silence.

La Statuë de TIRESIE aprés s'être levée à demy.

Sans vouloir pénétrer dans les Arrêts du sort,
Songe à rompre les nœuds d'une chaîne cruelle;
Tu dois faire un heureux effort,
Et quitter pour jamais une Amante infidelle.
L'Amour t'offre un bonheur, ne le refuse pas,
Dardanus, à Capis, appren que tu sçais plaire.
J'en ay trop dit; le Ciel m'ordonne de me taire;
Et je doy retomber dans la nuit du trépas.

Le Mausolée & le Tombeau disparoissent; & on voit à leur place
les Jardins du Palais de Nisus.

SCENE CINQUIEME.

CAPIS, DARDANUS.

DARDANUS.

O Ciel!

CAPIS à part.

Calmons le trouble de son ame.

DARDANUS.

Qu'ay-je entendu! quel coup pour ma fatale flâme!

CAPIS.

Je sçay quel embaras agite votre cœur.
　　　L'Oracle a lieu de vous surprendre.
L'Infidelle Scylla méprise votre ardeur :
　　Un autre Objet plus empreßé, plus tendre,
Voudroit de votre sort adoucir la rigueur.
Et vous le connoissez ; je ne puis m'en deffendre.

DARDANUS sans écouter Capis.

Scylla m'est infidelle! O comble de malheurs!
　　　Toute esperance m'est ravie ;
Et je respire encore ! Et mes vives douleurs
　　　Ne m'ont pas arraché la vie !

CAPIS à part.

L'Ingrat! écoûte-t'il seulement mon amour?

DARDANUS.

Mourons ! c'est trop souffrir la lumiére du jour !
Je ne puis soûtenir mon trouble & mes allarmes ;
Aux pieds de l'Infidelle allons finir mon sort.
　　　Peut-être au moins que par ma mort,
　　　Je pourray meriter ses larmes.

SCENE SIXIEME.

CAPIS seule.

C'Est donc-là tout le fruit de mes soins empressez !
Vainement à ses yeux j'ay peint Scylla volage !
Il l'adore ! il me fuit ! … Cédons à cet outrage,
Son silence m'en dit assez.

Haine, dépit, rage, vengeance,
Je veux suivre aujourd'huy vos plus barbares loix ;
Mes maux & vos fureurs m'agitent à la fois,
Et je céde à leur violence.
Haine, dépit, rage, vengeance,
Je veux suivre aujourd'huy vos plus barbares loix.
Amour, je n'entens plus ta voix.
Assez de tes malheurs j'ay fait l'experience.
Il faut en me vangeant d'un Ingrat qui m'offence,
Moy-même me punir de mon funeste choix.
Haine, dépit, rage, vengeance,
Je veux suivre aujourd'huy vos plus barbares loix.

Fin du troisiéme Acte.

ACTE QUATRIÉME.

Les mêmes Jardins qui ont paru à la fin du troisiéme
Acte restent.

SCENE PREMIERE.

MINOS seul.

Contre un penchant fatal qui nous force à nous
rendre,
Ne pourroit-on pas se deffendre,
Quand le devoir cruel pourroit nous secourir?
Ah! c'est le sort d'un cœur qu'un tendre amour pos-
séde,
De ne chercher à se guerir,
Que quand son mal est sans remede.

SCENE II.

SCENE SECONDE.

SCYLLA, MINOS, DORIS.

SCYLLA.

*N*Ous est-il permis d'esperer!
Croiray-je que le Roy mon Pere
Autorise l'ardeur sincere,
Que dans ce lieu nous venons jurer.

Vous vous troublez! O Ciel! que vois-je!

MINOS.

O sort barbare!
Un destin cruel nous sépare.

SCYLLA.

Qu'entens-je! je frémis.

MINOS.

Tout espoir m'est ôté.
Je ne doy plus vous voir, adorable Princesse.
Les Dieux jaloux de ma félicité
Ont égalé leur cruauté,
A l'excés de notre tendresse.

SCYLLA.

Qui peut vous obliger, Ingrat, à me quitter.
Mon desespoir à-t-il pour vous des charmes?

E

MINOS.

Mon cœur à son devoir ne sçauroit resister,
*   Votre Pere a repris les armes.*
Le Ciel deffend la Paix, je doy quitter ces lieux.
Capis a de Nisus renouvellé la haine.

SCYLLA.

Reine barbare!

MINOS.

*   Injustes Dieux?*

SCYLLA.

Dure loy!

MINOS.

*   Fortune inhumaine!*
*   Je ne verray plus vos beaux yeux!*
Dans quels malheurs cruels mon triste sort m'entraine!

SCYLLA.

Vous me quittez!

MINOS.

Je cours chercher un promt trépas.

SCYLLA.

Ah, vivez!

MINOS.

Quand les Dieux pour prolonger ma peine
Voudroient me conserver au milieu des combats,
*   Ma mort n'est-elle pas certaine*
*   Aux lieux où vous ne serez pas*

SCYLLA & MINOS.

Pourquoy contre un amour si tendre
Le Ciel s'est-il armé d'un injuste couroux ?

SCYLLA.

Ce Dieu cruel n'a-t'il sçû nous surprendre
Que pour nous accabler de ses plus rudes coups !

SCYLLA & MINOS.

Quels tourmens sont égaux à nos peines mortelles !

SCYLLA.

Tous nos soûpirs sont superflus.

SCYLLA & MINOS.

Nous ressentons en vain des ardeurs mutuelles.

SCYLLA.

Minos, nous ne nous verrons plus.

MINOS.

Quel sort pour deux Amans fideles.

SCYLLA & MINOS.

Si l'Amour ne pouvoit répondre à nos souhaits,
Pourquoy nous flattoit-il d'une esperance vaine ?
Ou pourquoy lorsqu'il nous enchaîne,
Faut-il que le destin nous sépare à jamais ?

SCENE TROISIE'ME
SCYLLA, DORIS.

SCYLLA.

*V*Ous partez, cher Amant, & je ne puis vous
     suivre !
Dans quels périls mortels allez-vous vous jetter !
Doris, il va périr ; rien ne peut l'arrêter !
Non, Minos ! non Scylla ne veut pas te survivre.

Où me réduisez-vous, impitoyables Dieux !
Aux armes de Nisus il n'est rien d'impossible ;
Vous avez attaché sur son chef glorieux
     Une vertu qui le rend invincible.
Où vas-tu, cher Minos ? ta perte est infaillible.
     Mais, non ; je puis te secourir :
Je puis . . . . que dis-je, misérable ! . . .

DORIS.

Nisus vient. A ses yeux craignez de vous offrir.

SCYLLA.
Cachons le tourment qui m'accable.
Hélas ! dans mon sort déplorable
Je ne doy chercher qu'à mourir.

SCENE QUATRIE'ME.
NISUS seul.

O Paix ! divine Paix, quel crime ay-je com-
    mis ?
Pourquoy dans ce séjour ne veux-tu pas descendre !
La gloire de domter mes plus fiers Ennemis,
Peut-elle me payer le sang qu'il faut repandre
    Avant qu'ils soient soûmis !

Mais quels Concerts se font entendre !

SCENE CINQUIE'ME
NISUS, Choeur & Troupes de BERGERS
& de BERGERES.

LA Paix va paroître icy bas,
Mortels, empressez-vous de goûter ses appas.

UNE BERGERE.

Viens Amour, soûmets, s'il est possible,
Tous les Mortels qui méprisent tes feux.
    S'il en est qui regardent tes nœux,
    Comme un mal dangereux,
    Qui nous rend malheureux,
Viens Amour, soûmets, s'il est possible,
Tous les Mortels qui méprisent tes feux.

SCYLLA,

Si quelqu'un vainement amoureux,
Ne peut rendre sensible
Un cœur rigoureux:
Viens Amour, soûmets, s'il est possible
Tous les Mortels qui méprisent tes feux.

UN BERGER à UNE BERGERE.

Suivez l'Amour, il est temps de vous rendre,
Ses traits sont doux, pourquoy vous allarmer?

LE CHOEUR.

Suivons l'Amour, il est temps de nous rendre,
Ses traits sont doux, pourquoy nous allarmer?

LA BERGERE.

Je suy vos pas, je crains de vous entendre,
Vous sçavez trop le secret de charmer.

LE BERGER.

Suivons l'Amour, il est temps de nous rendre,
Ses traits sont doux, pourquoy nous allarmer?

LE CHOEUR.

Suivons l'Amour, il est temps de nous rendre,
Ses traits sont doux, pourquoy nous allarmer?

LA BERGERE.

Que mon cœur aime à se laisser surprendre!
Vous m'engagez enfin à vous aimer.

LE BERGER & LA BERGERE.

Eſt-il un cœur qui puiſſe ſe deffendre,
Quand les Plaiſirs viennent le deſarmer?

LE CHOEUR.

Suivons l'Amour, il eſt temps de nous rendre,
Ses traits ſont doux, pourquoy nous allarmer?

SECNE SIXIE'ME.

LA PAIX deſcend du Ciel, NISUS, LE CHOEuR, Troupe de BERGERS & de BERGERES.

LA PAIX dans ſon Char.

Nisus, j'entens ta voix; mais le deſtin contraire
    S'opoſe à tes juſtes deſirs.
Si tu veux cependant voir regner mes plaiſirs,
    Ecoute ce que tu dois faire:

La Diſcorde en fureur va paroître à tes yeux,
Iſmene pour me nuire, arme ſes mains perfides;
    N'écoûte point ſes conſeils homicides,
Je reviendray bientôt habiter en ces lieux.

               Elle remonte au Ciel.

SCENE SEPTIE'ME.
NISUS seul.

*V*ous me quittez, Déesse aimable…. :
Mais, Ciel! je voy pâlir la lumiére du jour!
Une vapeur funêbre, un bruit épouvantable,
Répandent la terreur en ce triste séjour.
Quel mêlange terrible & de sang & de flâme!
Une horrible furie adresse icy ses pas!
Et je sens malgré moy qu'elle inspire à mon ame,
     Le Démon affreux des combats.

SCENE VIII.

SCENE HUITIEME.

LA DISCORDE & sa Suite, sortent des Enfers, NISUS.

LA DISCORDE.

Nisus, courez à la vengeance.

CHOEUR.

Courez à la vengeance.

NISUS.

La Paix ne sçauroit-elle habiter dans ces lieux?

LA DISCORDE.

Combattez, triomphez, soyez victorieux,
D'un Prince audacieux punissez l'insolence.
Courez à la vengeance.

CHOEUR.

Courez à la vengeance.

NISUS.

Je céde à mes transports, punissons qui m'offence,
Renversons les projets d'un Prince audacieux;
A quoy me serviroit la fatale puissance
Qu'en naissant j'ay reçu des Dieux!
Courons à la vengeance.

F

La Nuit sur ces Climáts étend ses voiles sombres ;
Soleil, qui dois chasser ses ombres,
Hâte tuy d'éclairer mon triomphe nouveau
C'est trop retenir ma colere,
Mon cœur n'a plus de choix à faire,
Que le Triomphe ou le Tombeau.

La Discorde & sa Suite rentrent dans les Enfers.

Fin du quatriéme Acte.

ACTE CINQUIEME.

LE Théatre change, & represente une Place-
d'Armes de la Ville de Mégare.

SCENE PREMIERE.

SCYLLA seule.

OU vay-je! qu'ay-je fait! quel forfait odieux!
    O Ciel! se peut-il que ta Foudre
    Ne me réduise pas en poudre?
Quel horrible attentat! quel transport furieux!

O Nuit! cachez mon crime à toute la Nature;
Que jamais le Soleil ne renaisse pour moy,
Mes regards souïlleroient sa clarté vive & pure!
Pour les jours de Minos, le cœur saisi d'effroy,
    J'ay trahi mon Pere & mon Roy;
Tandis que le sommeil le rendoit insensible,
    J'ay coupé ce cheveu terrible,
Où les Dieux avoient mis le bonheur de son sort.
Malheureuse! s'il meurt, quel parricide horrible!
Quel supplice poura me laver de sa mort?

44

SCYLLA,

CHOEUR de Mégariens derriére le Théatre.
Chantons, celébrons la puissance,
D'un Roy toûjours victorieux,

SCYLLA.

Mais quels Chants de réjouïssance
Se font entendre dans ces lieux ?

CHOEUR.

Chantons, celébrons la puissance
D'un Roy toûjours victorieux.

SCYLLA.

O Ciel ! le Peuple qui s'avance
M'aprend qu'un succés glorieux
Vient de remplir son esperance !
Minos est vaincu ! Justes Dieux !
S'il m'est permis d'attendre encor votre assistance,
Secourez ce Héros, protégez nos liens,
Et conservez ses jours, ou terminez les miens !

CHOEUR.

Chantons, celebrons la puissance
D'un Roy toûjours victorieux.

SCENE SECONDE.

CHOEUR & Troupe de MEGARIENS.

UN MEGARIEN.

Nos Ennemis ont fuy devant nos yeux,
Ils n'ont pû de Nisus soûtenir la presence.
Chantons, célébrons la puissance,
D'un Roy toûjours victorieux.

CHOEUR.

Chantons, celébrons la puiſſance
D'un Roy toûjours victorieux.

DEUX MEGARIENS.

La Victoire a ramené la Paix,
Ce ſéjour reprendra ſes attraits,
Et jamais
Nos cœurs n'auront à craindre
Bellone & ſes traits.
Que l'Amour préſide à tous nos Jeux,
Formons tous de doux nœux,
Un cœur peut-il ſe plaindre
De ſentir ſes feux,
Loin qu'il ſoit rigoureux,
Il ne veut nous contraindre
Qu'à nous rendre heureux.

SCENE TROISIEME.

DORIS, & tous les ACTEURS de la Scene
précédente.

DORIS.

Finiſſez vos Concerts, le ſort impitoyable
D'un coup affreux aujourd'huy nous accable,
Niſus vient de trouver un funeſte trépas.

CHOEUR.

Cruel Deſtin! O perte irreparable!

SCYLLA,

DORIS.

L'Ennemy n'avoit feint de quitter nos Etats,
  Que pour nous tendre un piége inévitable.
Il est vaiqueur, il porte icy ses pas.
  Fuyez sa colere implacable.

CHOEUR.
Fuyons sa colere implacable.

SCENE QUATRIEME.

MINOS, DORIS, CHOEUR & Troupe de MEGARIENS.

MINOS.

CEssez de fuir, Peuples, rassurez-vous,
  J'ay pitié de votre foiblesse,
Votre malheur desarme mon courroux.
  Mais Doris, que fait la Princesse?

DORIS.
Que vous causez de maux en ces tristes Climats?
  Nisus expire aux yeux de son Armée
La mort de Dardanus en ces lieux confirmée,
  Capis vient de son propre bras
De finir une vie aux pleurs accoûtumée;
  Et la Princesse éperduë, allarmée,
Est peut-être à present aux portes du trépas.

MINOS.
Sauvons les jours de tout ce que j'adore.
Allons...

SCENE DERNIERE.

SCYLLA, MINOS, DORIS.

MINOS.

M'Est-il permis de vous parler encore ?
N'accusez de vos maux que la rigueur du sort ;
Si Nisus en est la Victime,
Ma Victoire fait tout mon crime ;
Faut-il m'en punir par ma mort ?

SCYLLA.

Aimez moins une criminelle,
Minos, il n'est plus temps de flatter ma douleur.
Je vous ay trop aimé. Notre ardeur mutuelle
A fait mon crime & mon malheur.

MINOS.

Quel crime ? quel malheur ? quoy ? cet amour si tendre
Qui devoit....

SCYLLA.

Ecoutez, vous allez tout aprendre.

Non, Minos, ce n'est point ton courage indomté,
Qui fait qu'en ta faveur la gloire se déclare
Mon Pere auroit vaincu, sans mon amour barbare.
Les Dieux à son Chef redouté,
Attacherent son sort & le bien de Mégare....
Au seul nom de Combat, j'ay tremblé pour tes jours,
Je n'ay plus écouté que mon ardeur funeste...
Au trouble où je te voy tu devines le reste !...
Voilà ce qu'ont produit mes perfides amours.
Ah ! mourons. C'est trop voir le Ciel qui me déteste.

MINOS.

Qu'avez-vous fait ? Quels transports furieux...
Mais vivez. C'est à moy de satisfaire aux Dieux.

SCYLLA.

Le poison va bien-tôt mettre fin à ma vie,
Déja jusqu'en mon cœur j'en ressens le venin,
De l'éternelle Nuit il m'ouvre le chemin ;
Mais qu'il me paroît lent au gré de mon envie ?
Indigne de paroître à la clarté des Cieux
   Tout me nuit, tout m'est odieux ;
Mon crime à mes regards sans cesse se presente,
   Je voy mille abîmes ouverts,
Du malheureux Nisus je voy l'ombre sanglante,
   Je l'entens du fond des Enfers,
   Qui me menace & m'épouvante.

MINOS.

O Ciel !

SCYLLA.

Manes sacrez, je meurs pour vous vanger ;
   Apaisez-vous par ce promt Sacrifice.
Aprés mon crime affreux je ne dois plus songer
Qu'à vous faire en mourant une prompte justice.
   Manes sacrez, je meurs pour vous vanger.

MINOS.

   Grands Dieux, trop soigneux de ma gloire,
Que vous me vendez cher une triste Victoire !

Fin du cinquiéme & dernier Acte.

www.ingramcontent.com/pod-product-compliance
Ingram Content Group UK Ltd.
Pitfield, Milton Keynes, MK11 3LW, UK
UKHW022150070726
13613UKWH00003B/1468